D1153037

OPENBARE BIBLIOTHEEK
BIJLMER
Frankemaheerd 2
1102 AN Amsterdam
Tel.: 020 - 697 99 16

Manou

Krijgt rijles

In de serie *Manou* verschenen:

www.uitgeverijlink.nl

Manou

Krijgt rijles

OPENBARE BIBLIOTHEEK
BIJLMER
Frankemaheerd 2
1102 AN Amsterdam
Tel.: 020 - 697 99 16

Lisa Burggraaf

UITGEVERIJ

Culemborg

Tweede druk september 2013

Copyright © 2013 Uitgeverij Link B.V.

Omslagontwerp: DPS, Amsterdam
Zetwerk: Uitgeverij Link B.V., Culemborg

ISBN: 9789462320611
NUR: 280

Alle rechten voorbehouden. Niets uit deze uitgave mag worden verveelvoudigd, opgeslagen in een geautomatiseerd gegevensbestand, of openbaar gemaakt, in enige vorm of op enige wijze, hetzij elektronisch, mechanisch, door fotokopieën, opnamen, of enige andere manier, zonder voorafgaande toestemming van de uitgever.

Kunnen ze nog harder?

'Kom op, ga aan! Vooruit Kuyt!'

Meneer Van der Meulen schreeuwde tegen de paarden die hij zojuist had ingespannen voor het wagentje met de grote wielen. De twee zwarte paarden stonden vlak naast elkaar, allebei aan een kant van de balk die voor aan het wagentje vastzat. Dat was de disselboom, wist Manou inmiddels. De dwarsbalkjes aan weerskanten van de disselboom zaten vast aan het tuig voor de borst van de paarden.

Door de lange teugels even hard op en neer te laten gaan, spoorde meneer Van der Meulen de paarden aan. 'Kezman, Kuyt, daar gaan we!'

Aan die rare namen was Manou nu wel gewend. Iedereen die wel eens op Manege De Paardenstaart was geweest, wist dat de meeste paarden en pony's daar de namen van bekende voetballers hadden. Dat vond meneer Van der Meulen nu eenmaal leuk. Hij was de boer van de oude boerderij waarin de manege gevestigd was. En de vader van Francine, de eigenares van Manege De Paardenstaart.

De twee paarden kwamen in beweging. Tevre-den ging de oude boer wat achteruitzitten op de bok van het wagentje. Hij liet de zweep knallen in de lucht. Meteen gingen de paarden over in een drafje.

'Yes!' riep Stef enthousiast. Tot dan toe had ze met haar beide armen boven op het hek geleund, maar nu ging ze op de onderste plank ervan staan, om het allemaal beter te kunnen zien.

Manou keek waarderend naar haar vriendin. Zonder Stef had ze hier niet gestaan. Dan was ze misschien zelfs nooit op een manege geweest. En had ze wellicht nooit van zichzelf geweten dat ze zo gek was op paarden en pony's. Ook zij ging op de onderste plank van het hek staan, vlak naast Stef.

In het weiland stuurde meneer Van der Meu-len de paarden uit de buurt van de ergste hob-bels. Hij had de dieren uitstekend in de hand, zo te zien.

'Goed, hè, van Kezman?' riep Stef opgetogen. 'Dit is pas de eerste keer dat Kuyt voor de wagen staat, maar Kezman zorgt dat hij hartstikke rus-tig blijft. Anders was Kuyt misschien wel gaan springen of bokken, dat doen die jonge Friezen vaak.'

Springen of bokken was dus niet goed als een paard voor een wagen stond, begreep Manou. Ze knikte lachend naar Stef, maar die had alleen maar oog voor de paarden, die nu in een grote boog weer naar hen toe kwamen.

'Kunnen ze nog harder?' vroeg Manou.

'Hier niet, natuurlijk!' antwoordde Stef, zonder haar aan te kijken.

Manou fronste haar wenkbrauwen. 'Waarom is dat zo natuurlijk?'

Nu keek Stef eventjes geërgerd opzij. 'Omdat de grond hier veel te ongelijk is. Als ze harder zouden gaan dan dit, dan zou meneer Van der Meulen helemaal door elkaar geschud worden. Als hij al kon blijven zitten.'

Daar had Manou nog helemaal niet aan gedacht. Natuurlijk! De grond van het weiland was erg ongelijk. Daar zou je niet eens op kunnen fietsen!

'Maar waarom rijden ze dan niet op het erf?' vroeg ze. 'Of op de weg?'

'Dat kan nog niet met Kuyt,' legde Stef uit. 'Die moet eerst nog wennen voor de wagen. Stel je voor dat hij ergens van schrikt of zo! Hier in het weiland kan hij geen kant op en kan er niemand gewond raken, maar als hij op het erf of op de weg ineens gaat galopperen, is dat veel te gevaarlijk.'

Ook dat klonk logisch, vond Manou. Hoe kwam het toch dat zij zulke dingen niet wist, terwijl de volwassenen en zelfs de kinderen op de manege er alles vanaf leken te weten? Ze voelde zich vaak zo dom, omdat ze alles nog steeds moest vragen.

De paarden kwamen nu briesend en snuivend op het hek af. De boer stuurde naar links en ze gehoorzaamden direct. De stampende dieren en de rollende wagen gingen op enkele meters afstand langs de beide meisjes heen.

Wat een kracht! Wat een beheersing! Manou was er echt van onder de indruk. Het leek meneer Van der Meulen geen enkele moeite te kosten om die twee grote, sterke beesten in bedwang te houden. Sterker nog: ze deden alles wat hij wilde. Ongelofelijk. Zou zijzelf ooit ook...

Ze maakte die gedachte niet af, omdat een van de twee paarden ineens door zijn voorbenen zakte en viel. Naast haar gaf Stef een luide kreet van schrik en ze klom meteen over het hek heen. Voordat Manou wist wat er aan de hand was, had ze het voorbeeld van haar vriendin gevolgd.

De twee meisjes holden naar de paarden en de wagen. Meneer Van der Meulen was ondertussen al afgestapt en stond bezorgd te kijken bij het linkerpaard. Het dier probeerde overeind te komen, maar had daar kennelijk problemen mee. Pas na een paar pogingen bleef hij staan, met één been opgetrokken.

'Wat is er gebeurd?' vroeg Stef hijgend. Manou kwam vlak achter haar tot stilstand.

Met een ernstig gezicht wees de boer naar het rechtervoorbeen van het paard. 'Hij is in een molshoop gestapt, geloof ik. Het ziet er niet goed uit.' Hij pakte het dier bij het hoofdstel.

'Kun jij hem even vasthouden? Dan span ik hem uit.'

Stef knikte en pakte het hoofdstel beet. Met snelle bewegingen begon meneer Van der Meulen riemen los te maken bij het hoofd en de borst van het paard.

'Kan ik ook wat doen?' vroeg Manou.

De boer keek haar even aan en zei toen kortaf: 'Haal jij Francine even. Zeg maar dat er iets mis is met Kuyt. Maar wel vlug, hè!'

Manou holde zo hard als haar benen haar konden dragen. Haar gezicht gloeide. Ze was dolblij dat ze kon helpen. Met iets dat echt belangrijk was!

Er is toch geen brand of zo?

'Waar is Francine?' riep Manou naar een paar meisjes die aan het vegen waren bij de ponystal.

Ze keken verbaasd op, zagen de bezorgde uitdrukking op Manous gezicht en wezen in de richting van het woonhuis. Manou rende erheen en stormde de bijkeuken binnen. Wat riep Stef daar ook weer altijd? O ja.

'Volk!' brulde ze.

Als stadskind kon ze er maar moeilijk aan wennen dat de mensen in dit dorp gewoon achterom elkaars huis binnenstapten. Goed, ze riepen wel wat, maar stonden dan toch zomaar in andermans huis! Dat vond ze nog altijd raar, want zij was opgegroeid met de gedachte dat alleen de bewoners vrij in en uit hun huis konden en mochten lopen.

Maar dit keer was ze blij dat ze niet eerst op een bel hoefde te drukken. Ze stoof de bijkeuken door, trok de keukendeur open en brulde nogmaals: 'Volk!'

Met een verbaasd gezicht kwam Francine uit de gang aanlopen. 'Nou zeg, wat een drukte maak jij!' sprak ze op verwijtende toon. 'Er is toch geen brand of zo?'

Manou moest even op adem komen voordat ze kon stamelen: 'Francine, je moet komen... zegt meneer Van der Meulen. Er is iets mis met Kuyt.'

'Met Kuyt?' vroeg Francine bezorgd. Ze rukte meteen haar jasje van de kapstok en liep naar Manou toe. 'Wat is er gebeurd dan?'

'Hij is gevallen,' vertelde Manou. 'Meneer Van der Meulen denkt dat hij in een molshoop is gestapt.'

Met zachte drang duwde Francine haar voor zich uit de bijkeuken in. 'Waar zijn ze?' vroeg ze gehaast.

'In het weiland,' zei Manou. 'Met het wagentje.'

Het volgende moment was Francine al wegge-rend. Manou ging achter haar aan, hoewel ze een felle steek in haar zij voelde. Ze kon het tempo niet bijhouden.

Francine nam de tijd niet om het hek van het weiland open te maken, maar pakte in volle vaart de bovenste plank van het hek en sprong er met een zwaai van haar benen overheen.

Dat deed Manou haar niet na. Als je over het hek klom, kwam je er ook, al duurde het wat langer.

Toen Manou bij het wagentje aankwam, zat Francine al op haar hurken, met het bezeerde voorbeen van Kuyt in haar handen.

'Het is geloof ik niet gebroken,' constateerde Francine opgelucht. 'Maar ik vertrouw het toch niet. Ik bel Tempelman.'

Haar vader, die bezig was nu ook het andere paard uit te spannen, knikte. Meteen pakte Francine een mobieltje uit de binnenzak van haar jasje en toetste een nummer in.

Stef, die nog altijd Kuyt vasthield, zag aan Manous gezicht dat ze zich afvroeg wie die Tempelman wel mocht zijn. 'De dierenarts,' verduidelijkte ze.

Natuurlijk, dacht Manou. Dat had ze zelf ook kunnen bedenken. Een beetje geërgerd keek ze om zich heen. 'Kan ik ook nog wat doen?'

Op dat moment kreeg Francine blijkbaar verbinding. Ze draaide zich een beetje van de meisjes weg en zei: 'Theo? Met Francine van der Meulen, van Manege De Paardenstaart.'

Ze wachtte even voordat ze vervolgde: 'Ja, hallo. Op dit moment even niet zo goed. Een van onze jonge Friezen is gestruikeld en heeft pijn aan zijn voorbeen... Nee, hij kan er niet op staan.'

Weer luisterde ze even, om het gesprek vervolgens af te ronden met: 'Oké, tot zo. We zijn met hem in het grote weiland.'

Daarna klapte ze haar mobieltje dicht en keerde zich weer naar de meisjes. 'Dames, hartelijk dank voor jullie hulp. Die kwam goed van pas.' Ze keek naar haar vader, die net de teugels van het andere paard losmaakte, en richtte zich toen tot Stef.

'Stefanie, denk je dat het jullie lukt om samen Kezman op stal te zetten? Dan blijven mijn vader en ik hier met Kuyt tot dokter Tempelman komt.'

Stef knikte. 'Dat zal wel gaan, hè Manou?'

Manou voelde dat ze een kleur kreeg. Wat stoer! Eerst had ze zo'n belangrijke opdracht gekregen. En nu mocht ze helpen om een echt paard op stal te zetten. Nog wel zo'n mooie zwarte Fries!

'Ja, tuurlijk!' antwoordde ze enthousiast.

Ze durfde nog niet, net als Stef, het paard bij zijn hoofdstel te pakken, maar ze rende wel vooruit naar het hek, om dat te kunnen opendoen voor Stef en Kuyt. Achteromkijkend zag ze dat Francine en meneer Van der Meulen met Kuyt bezig waren. Het karretje stond er verloren bij, met al die riemen er los overheen.

Op het erf hadden ze veel bekijks van de andere kinderen van de manege.

'Zo, dat is toch Kezman? Mag jij met een Fries lopen, Stef?' vroeg een meisje met lange vlechten jaloers. Manou kende haar: dat was Angela, die op school een groep hoger zat dan Stef en zij. Ze hadden al een keer ruzie gehad.

'Yep,' zei Stef kortaf.

'Weet meneer Van der Meulen daarvan?' drong Angela aan. Stef glimlachte, terwijl ze een hoofdbeweging naar achteren maakte. 'Waarom ga je hem dat zelf niet even vragen?'

Onzeker keek het meisje in de richting van het weiland. Daar had ze Francine en meneer Van der Meulen algauw in de gaten. 'O, wat doen ze daar?' vroeg ze. 'En is dat Kuyt niet?

Wat is er met hem aan de hand?' Geschrokken bracht ze een hand naar haar mond.

'Hij is gevallen,' vertelde Stef. 'Maar mag ik er nu even langs? We moeten Kezman op stal gaan zetten.'

Zonder nog een woord te zeggen stapte Angela opzij om Stef en het paard door te laten. Manou glipte er gauw achteraan. Dit zou ze niet graag willen missen. Een echt paard op stal zetten!

Begin jij ook al?

De afgelopen paar weken was Manou regelmatig met Stef naar Manege De Paardenstaart gegaan. Ze had gekeken bij Stefs lessen, ze had geholpen met het vegen van de stallen en ook met het op- en afzadelen en borstelen van pony's.

Maar paarden had ze alleen nog van een afstandje bekeken. De meeste pony's vond ze al zo groot. Kon je nagaan hoe kolossaal zo'n paard wel niet was, vooral als je er vlak naast ging staan!

'Kun jij de staldeur openhouden?' vroeg Stef. 'Het is de tweede deur links.'

Manou moest even kijken hoe zo'n deur openging, maar ze kreeg het gelukkig voor elkaar zonder dat Stef met het paard op haar hoefde te wachten.

Toen het dier zijn stal open zag staan, liep hij er vanzelf in. Stef hoefde hem niet eens vast te houden. Hij draaide een rondje in de kleine ruimte en bleef rustig staan kijken naar de beide meisjes, met zijn oren recht overeind.

'Mooi zo.' Stef klopte hem op zijn hals. 'Nu eerst dat hoofdstel af en je halster om.' Ze wees op een halster dat tegenover de stal aan de muur hing. 'Kun jij dat even pakken, Manou?' Dat liet Manou zich geen twee keer zeggen. Ze haalde het halster van het haakje en hield het omhoog voor Stef, die inmiddels bijna klaar was met het losgespen van het hoofdstel. Algauw konden ze hoofdstel en halster ruilen.

In plaats van het hoofdstel meteen op te hangen, bleef Manou kijken hoe Stef het halster omdeed bij Kezman.

Wat deed Stef dat toch handig! Manou had er zelf de grootste moeite mee om te zien wat voor, achter, onder en boven was bij een halster, maar haar vriendin had daar totaal geen problemen mee. Die deed het zomaar, en dat enorme paard vond het allemaal nog best ook!

Weer klopte Stef het paard op zijn hals. 'Hij is wel braaf, hoor.' Ze draaide haar hoofd naar Manou. 'Sommige paarden willen je altijd laten zien dat zij de baas zijn in hun stal. Dan gaan ze duwen of proberen ze op je tenen te gaan staan.'

'Nee!' zei Manou verrast. Ze geloofde niet dat een dier zoiets kon doen.

Maar Stef meende het. 'Echt waar, hoor! Er zitten etters tussen. Zoals Zamorano, die grote bruine hengst in de andere paardenstal. Die is echt vervelend. Sommige kinderen durven niet eens bij hem in de stal, omdat hij altijd zo staat te klieren als je hem wilt opzadelen.' Ze aaide het zwarte paard over zijn neus. 'Maar jij niet, hè Kezman? Jij bent braaf. Zoals de meeste Friezen, trouwens.'

'Is dat zo?' vroeg Manou. 'Zijn Friezen zulke brave paarden?'

'De Friezen die ik ken wel.' Er verscheen een denkrimpel op Stefs voorhoofd. 'Hoewel ze soms wel eens zo vol energie zitten dat ze er in de bak als een speer met je vandoor gaan. Dan gaan ze hard, man!'

Dat nam Manou direct van haar aan. Ze huiverde bij de gedachte dat ze zelf op een paard zou zitten dat er met haarvandoor ging. Wat moest je dan doen? Je kon je niet eens ergens aan vasthouden!

'Maar jij bent een lieverd,' zei Stef, terwijl ze haar armen om de grote nek van het paard sloeg en haar gezicht tegen zijn vacht drukte. 'Ik kan je wel opvreten!'

Manou schoot in de lach. 'Daar heb je nog een hele hap aan!'

Verbaasd merkte ze dat Stef niet meelachte. Haar stem klonk zelfs scherp toen ze antwoordde: 'Ik eet geen paardenvlees.'

'Dat bedoel ik ook helemaal niet.' Manou begreep er niets van dat haar vriendin ineens zo raar reageerde. 'Ik wilde alleen maar zeggen dat je zo'n enorm paard niet makkelijk zou kunnen opeten.'

Omdat ze zag dat haar vriendin haar wenkbrauwen weer fronste, voegde ze daar snel aan toe: 'Als je dat al zou willen, natuurlijk.'

Stef kwam uit de stal naar haar toe lopen. 'Ja, sorry hoor, maar ik word thuis nogal eens gepest met paardenvlees. En ik moet er echt niet aan denken dat ik vlees zou eten van zo'n lief dier.'

'Wat zeggen ze dan bij jou thuis?' wilde Manou weten.

Een beetje onwillig haalde Stef haar schouders op. 'Mijn ouders en mijn broer eten wel paardenworst en paardenrookvlees. Als mijn broer daar een plakje van neemt, houdt hij dat altijd omhoog en zegt hij tegen mij: "Volgens mij is dit een paard geweest van jouw manege."'

'O, wat gemeen!' vond Manou.

Stef knikte. 'En toen ik een keer vroeg of ik een eigen pony mocht, zei mijn vader dat hij daar geen geld voor had. Maar dat ik misschien een pony bij elkaar kon sparen met plakjes worst en rookvlees, die ik dan zelf aan elkaar moest plakken.'

Manou schoot in de lach.

'Nou!' riep Stef verontwaardigd. 'Begin jij ook al?'

'Sorry, ik kan er niets aan doen!' piepte Manou. 'Ik zag jou ineens voor me, terwijl je aan het proberen was een paard te maken door allemaal stukjes vlees aan elkaar te plakken.'

Weer werd het haar te machtig. Ze draaide zich van haar vriendin weg en stond bijna te huilen van het lachen.

Stef was te boos om iets terug te zeggen. Met haar armen over elkaar bleef ze staan wachten tot haar vriendin eindelijk klaar zou zijn met dat idiote gelach.

Vanuit zijn stal keek Kezman verbaasd naar de twee meisjes, van wie er eentje het zo te zien heel benauwd had, terwijl de ander haar niet eens te hulp schoot. Hij begreep er niets van.

Dan zou ze wat meemaken!

'Wat was er met Stefanie aan de hand?' vroeg de moeder van Manou. 'Hebben jullie ruzie?'

'Nee, dat niet.' Manou grijnsde toen ze terugdacht aan het chagrijnige gezicht van haar vriendin. Stef had het helemaal niet leuk gevonden dat zij de slappe lach had. Maar het was ook zo grappig om je voor te stellen dat Stef thuis aan tafel met een tubetje lijm probeerde een eigen paard bij elkaar te plakken!

'Maar wat was er dan met jullie?' drong haar moeder aan.

'Niks Mamsyl, echt niet!'

Manou en haar zus Claire noemden hun ouders altijd Mamsyl en Patom. Want 'papa' en 'mama' vonden ze zo kaal. Bovendien noemden alle kinderen hun ouders al zo. En omdat hun ouders Sylvia en Tom heetten, hadden ze daar Mamsyl en Patom van gemaakt. Eerst zelfs Masyl, maar dat wilde hun moeder niet. Dat leek te veel op 'mazel' en ze wilde niet heten naar een besmettelijke ziekte.

'Wat ga je doen?' wilde haar moeder weten toen Manou de keuken uit liep.

'Ik ga naar boven,' riep Manou over haar schouder terug. 'Huiswerk maken. Op mijn kamer.'

Dat was een van de grote voordelen van de verhuizing: een eigen kamer. Manous vader had een andere baan gekregen en dus moesten ze verhuizen naar dit dorp, vlak bij zijn werk.

Claire en Manou hadden enorm gehuild, maar dat had niks geholpen. Er zat niets anders op, legde hun vader uit. Hijzelf vond het ook niet leuk om uit de stad weg te gaan, maar hij kon niet anders.

Hun hele leven hadden Claire en Manou in een flat gewoond, in de buitenwijk van een grote stad. Ze waren er helemaal aan gewend en dachten dat ze niets anders wilden. Altijd hadden ze met zijn tweeën op één kamer geslapen, in een stapelbed. Maar dit nieuwe huis was veel groter. Het had twee verdiepingen en een zolder. Plus een schuur met een tuin. En omdat er zoveel ruimte was, kregen de meisjes allebei een eigen kamer. Dat vonden ze geweldig.

Manou ging haar kamer binnen en keek rond. Eindelijk had ze de kamer waarin ze sliep zo kunnen inrichten als zij het wilde. Met posters die ze

zelf mooi vond en spullen die ze zelf had uitge-
zocht. Bovendien hoefde ze niet meer tegen de
rommel van haar grote zus aan te kijken. En kon
ze voor de spiegel gaan zitten als ze dat prettig
vond.

Daar stond tegenover dat ze in bed niet meer
al haar geheimen en zorgen kon uitwisselen met
Claire. Dat vond ze stiekem erg jammer, al zou ze
natuurlijk liever haar tong afbijten dan zoiets te
vertellen. Want dan zou Claire vast iets onaardigs zeggen over kleine meisjes die nog niet groot
genoeg waren om al een eigen kamer te hebben.
Sinds haar grote zus op de middelbare school zat
en een 'brugsmurf' was, zoals ze dat zelf noemde,
deed ze vaak heel onaardig en neerbuigend tegen
Manou.

Manou plofte neer op haar bed. Wat had die
Stef aangebrand gedaan, zeg! Dat was ze helemaal niet van haar gewend. Vanaf de eerste dag
dat Manou in dit vreemde dorp naar school was
gegaan, had ze Stef aardig gevonden. En Stef
haar ook. Het was Stef geweest die haar had
opgevangen en haar alles over de school had verteld. Terwijl de andere kinderen uit hun klas duidelijk hadden laten merken dat ze Manou maar
een raar stads meisje vonden.

Ze zuchtte. Als Stef er niet geweest was, zou ze zich bar ongelukkig hebben gevoeld op haar nieuwe school. Het was toch al zo gek om ineens ergens anders te wonen, ver van alle vriendinnen die ze al van jongs af aan kende. En vooral ook ver van Renske, haar hartsvriendin.

Renske en zij hadden hard gehuild toen Manou haar het nieuws vertelde over haar vaders nieuwe baan en de verhuizing die daaraan vastzat. Ze hadden elkaar plechtig beloofd dat ze elkaar nooit zouden vergeten. Dat ze brieven zouden schrijven. En elke week minstens twee keer zouden bellen. Om de beurt.

Manou vouwde haar handen in elkaar, legde die in haar nek en leunde tegen de muur. Brieven schrijven had ze alleen de eerste weken veel gedaan. Soms had ze expres boven zo'n brief gehuild, om Renske maar te laten zien dat ze haar zo miste. Maar de laatste weken hadden ze elkaar nauwelijks geschreven. Wel gebeld, zoals ze hadden afgesproken, alleen wat minder vaak.

Zou het kloppen dat je iemand ging vergeten als je haar niet meer zo vaak zag? Dat nooit! Manou wilde Renske helemaal niet vergeten! En ze zou ervoor zorgen dat het niet gebeurde ook. En Renske moest vooral ook niet proberen om haar te vergeten, want dan zou ze wat meemaken!

Een paar weken geleden hadden ze zelfs ruzie gehad. Renske was een beetje jaloers geweest toen Manou vertelde dat ze zo goed met Stef kon opschieten en vaak met haar naar de manege ging. Maar dat ruzietje hadden ze gauw weer bijgelegd, omdat Renske ook wel begreep dat Manou hier niet zonder vriendinnen kon. En dat zijzelf altijd haar hartsvriendin zou blijven, ook al zagen ze elkaar bijna niet meer.

Maar binnenkort zou alles veranderen. Renske zou komen logeren en dan werd alles weer goed, dat zou je zien.

Neuriënd begon Manou haar schooltas uit te pakken. Ze moest hoognodig beginnen met haar topo, want overmorgen zouden ze daar een overhoring van krijgen. Over de provincie Groningen. Pff, wat lastig, met al die gekke plaatsnamen. Moest je zien: Rodeschool en Oude Pekela. Wie verzon zulke rare namen eigenlijk?

Op die school hier moesten ze heel veel uit hun hoofd leren, heel anders dan op de school in de stad, waar ze in groepjes opdrachten hadden moeten maken. Nou ja, ze zou gewoon weer een half uurtje oefenen met dat kaartje vol nummers bij de plaatsen en zich straks laten overhoren door Mamsyl. Dan kwam het allemaal vast wel weer voor elkaar.

Typisch een kleuter!

De schooldagen duurden Manou veel te lang. Vooral de donderdag, als ze geen gym en geen tekenen hadden, maar wel tot kwart over drie in de klas moesten zitten.

Op zulke dagen miste ze haar vroegere school. Daar hadden ze in groepjes zelfstandig mogen werken, zodat je zelfs van duffe opdrachten nog iets leuks kon maken. Hier moest je werkelijk de hele dag in je bankje zitten, naar de meester luisteren en ieder voor zich opgaven maken, zonder te mogen overleggen. Ze vond meester Johan wel aardig, daar lag het niet aan. Maar ze had nooit geweten dat school zo saai kon zijn. Dat hadden ze in de stad toch beter geregeld.

In het speelkwartier had ze ook al niet veel plezier. Natuurlijk was het gezellig om met Stef rond te lopen en te praten over van alles en nog wat. Zoals over de manege, de pony's en de paarden. Maar ze kwamen ook altijd die vervelende Angela tegen, met haar vaste clubje vriendinnen. En Angela vond het iedere keer weer nodig om iets onaardigs te zeggen tegen Stef of tegen haar. Soms zelfs tegen allebei.

Ook vandaag was het weer raak. Terwijl ze bij het hek van het schoolplein met Stef aan het kletsen was, voelde Manou een duw in haar rug. Toen ze zich omdraaide, stond daar Angela, met haar vriendinnen om zich heen. Ze was een hoofd groter dan Stef en Manou, en haar lange vlechten zagen er altijd prachtig uit. En haar scheiding zat altijd kaarsrecht in het midden. Als ze wat vriendelijker ogen had gehad, zou Manou haar best mooi vinden.

'Zo kleutertjes,' zei Angela pesterig. 'Mogen kleine kinderen zoals jullie tegenwoordig al grote paarden op stal zetten op de manege?'

Manou wisselde een snelle blik met Stef. Die schudde nauwelijks zichtbaar haar hoofd om aan te geven dat Manou beter niks terug kon zeggen.

'Dat komt natuurlijk omdat jullie de lievelingetjes zijn van Francine, hè?' ging Angela verder. 'Ik snap jullie wel, hoor. Gewoon een beetje slijmen bij de juf, dan mag je ineens van alles wat anderen niet mogen.'

Het lukte Manou gewoon niet om haar mond te houden. Ze deed een stap naar Angela toe, zodat ze vlak voor haar kwam te staan. Tot haar eigen verbazing hoorde ze zichzelf zeggen:

'Jij gelooft maar wat je wilt, opgeblazen tut! Wij hebben gewoon geholpen toen Kuyt gewond raakte. En als jij daar iets vervelends achter wilt zoeken, doe je je best maar.' Vervolgens keerde ze zich kwaad om, pakte Stef bij haar mouw en liep weg.

Angela was even sprakeloos, maar riep haar nog achterna:

'Moet je zien, typisch een kleuter! Wel een grote mond, maar dan hard weglopen!'

Stef en Manou luisterden al niet meer.

'Wat goed van jou om dat zomaar in haar gezicht te zeggen,' vond Stef.

'Ik wist niet eens dat ik iets ging zeggen,' vertelde Manou kleintjes. 'Ik was ineens zo boos.'

Stef grijnsde. 'Dat kan helemaal geen kwaad. Iemand moet die Angela eens de waarheid zeggen. Ze denkt dat ze de koningin van het schoolplein is.'

Manou haalde haar schouders op. Ze vond het eigenlijk best dapper dat ze zo voor zichzelf was opgekomen tegen Angela. Maar ze had niet veel zin om er lang over door te praten. Zo belangrijk was die Angela ook weer niet.

De rest van de schooldag was louter verveling. Stomvervelende taalles, stomvervelende rekenles en stomvervelende geschiedenis. Manou was blij toen eindelijk, eindelijk de laatste schoolbel ging. Toen ze met Stef naar huis liep, zag ze een eindje verderop Angela staan praten met twee van haar vriendinnen. Ze deed net of ze hen niet in de gaten had. Van Angela had ze die dag meer dan genoeg. Hoe durfde ze haar, een meisje van negen, een kleuter te noemen? Het was al erg genoeg dat Claire dat af en toe tegen haar zei. Maar van iemand anders pikte ze dat mooi niet. Lekker puh.

'Gaan we straks nog even naar de manege?' vroeg Stef.

'Natuurlijk!' antwoordde Manou opgewekt. 'Ik wil wel weten hoe het met Kuyt is.'

'Oké,' zei Stef. 'Dan breng ik even mijn schooltas thuis, doe ik een paar oude schoenen aan en kom ik je zo ophalen.'

Dat vond Manou prima. En een paar oude schoenen aantrekken was nog niet eens zo'n gek idee. Mamsyl had een paar keer gemopperd dat ze met zulke vieze voeten thuiskwam en dat 'die vieze paardentroep' haar schoenen verpestte.

Een echte boer

'Waar staat Kuyt eigenlijk?' vroeg Manou toen ze het erf van de boerderij op liepen.

'Vlak naast Kezman,' antwoordde Stef. 'Meneer Van der Meulen heeft al zijn Friezen bij elkaar staan.'

Manou keek haar verbaasd aan. 'O, zijn ze van hem? Ik dacht dat ze bij de manege hoorden.'

Stef schudde haar hoofd. 'Nee, die Friezen zijn van meneer Van der Meulen zelf. Daar zorgt hij altijd voor en hij rijdt er ook wedstrijden mee. Tweespannen en ook vierspannen, samen met meneer Van Barneveld, hier een eindje verderop.'

Die naam kwam Manou niet bekend voor, maar ze had de boer wel eens samen met een bejaarde man in het weiland bezig gezien met de zwarte paarden.

In de stal stopten ze even om Kezman over zijn neus te aaien. Hij snuffelde om te controleren of ze misschien wortels of een andere lekkernij hadden meegenomen, en draaide toen teleurgesteld zijn hoofd weg.

Een stal verder stond Kuyt bij zijn voerbak. Zijn rechtervoorbeen was verbonden en hij hield het wat gebogen.

'Zie je dat, hij heeft er nog steeds last van,' wees Stef. 'Ik ben benieuwd of het ernstig is.'

'Het valt wel mee,' zei een stem achter hen.

Ze draaiden zich om en zagen dat de boer achter hen de stal was binnengekomen.

'De dierenarts heeft hem onderzocht en hij heeft niks gebroken,' vertelde meneer Van der Meulen. 'Gelukkig niet, want dan zouden we zo'n prachtig jong dier hebben moeten laten afmaken.'

'Nee toch?' schrok Manou. 'Alleen omdat hij een been gebroken heeft?'

De oude man knikte triest. 'Dat is niet anders. Je kunt een paard moeilijk in een ziekenhuisbed leggen om een breuk rustig te laten genezen. Zo'n dier moet bewegen, lopen. En dan komt het eigenlijk nooit meer goed met een gebroken been. Daarom kunnen we zo'n beest maar beter veel pijn en ellende besparen door hem te laten afmaken. Hoe ellendig dat ook is.'

Manou was er helemaal van onder de indruk. Ze keek naar Stef, maar die wist het kennelijk allemaal al, zoals gewoonlijk, want ze stond te knikken.

'Ik wou nog zeggen,' ging meneer Van der Meulen verder, 'dat ik erg blij was dat jullie me gisteren zo geholpen hebben. Ik zou anders niet hebben geweten wat ik had moeten doen in mijn eentje. Ik kon die arme dieren moeilijk in de steek laten en er moest snel hulp komen.'

'Graag gedaan, hoor,' stamelde Manou met een rood hoofd.

'Maar u had toch iemand kunnen bellen met uw mobieltje?' zei Stef praktisch.

'Zo'n klein telefoontje, bedoel je?' Meneer Van der Meulen schoot in de lach. 'Nee, dat is niks voor mij, al dat moderne gedoe. Ik heb een telefoon in de huiskamer en dat vind ik meer dan zat.'

Met zijn grote handen gaf hij allebei de meisjes een klopje op de schouder. Na nog even bij Kuyt gekeken te hebben, liep hij de stal weer uit.

'Een echte boer,' vond Manou. 'Ik zou me hem niet eens voor kunnen stellen met een mobieltje.'

'Nee, maar op zulke momenten zou dat best handig kunnen zijn,' wierp Stef tegen. 'Want wat had hij moeten doen als wij daar niet gestaan hadden? Met een mobieltje had hij snel zelf Francine of de dierenarts kunnen bellen.'

Daar had Manou niet van terug. Ze keek om zich heen. 'Zeg, hier is verder ook niet veel te beleven. Zullen we nog even naar de pony's gaan?'

'Ik dacht dat je het nooit zou vragen.' Stef lachte. 'Wie het laatst bij de ponystal is, moet het hele middenpad vegen,

oké?' En weg was ze. Meteen rende Manou achter haar aan. Haar vriendin was dan wel snel, maar ze was niet van plan zich zomaar gewonnen te geven. Ze wilde niet weer dat verrekte midden-pad hoeven vegen. Dat mocht Stef deze keer mooi zelf doen.

Ik wil het allemaal zien

Elke avond na het eten ruzieden Claire en Manou om de afstandsbediening van de televisie. Ze wilden namelijk altijd allebei een ander programma zien. Claire vond de programma's die Manou leuk vond stuk voor stuk kinderachtig of saai. En Manou had geen zin om de hele tijd naar clips van TMF of MTV te zitten kijken.

Hun ouders hadden het bemiddelen al opgegeven. 'Als ik het achtuurjournaal maar kan zien, vind ik alles best,' zei Patom. En Mamsyl vond: 'Als dat stomme bekvechten van jullie me de keel gaat uithangen, is de afstandsbediening voor mij en kijken jullie alleen maar naar programma's die ík ook wil zien.'

En dus deden de twee meisjes hun best om elkaar flink dwars te zitten zonder dat hun ouders er te veel last van hadden. Maar vanavond niet. Dit keer mocht Claire van Manou de afstandsbediening hebben en zoveel clips kijken als ze wilde. Want zij ging met Renske bellen. En het was nog heel belangrijk ook, want dit was het laatste telefoontje voor de logeerpartij van aanstaand weekend.

Het nummer kende Manou al jaren uit haar hoofd. Alleen moest ze er tegenwoordig nog een paar cijfers vóór intoetsen, omdat Renske en zij niet meer in dezelfde plaats woonden. Haar vingers vlogen over de toetsen.

'Met Barbara den Ouden,' klonk het aan de andere kant van de lijn.

'Hallo, met Manou. Is Renske er ook?'

'O, hai Manou. Ik zal Renske even voor je roepen.' Ongeduldig wachtte Manou tot haar vriendin aan de telefoon kwam.

'Met Renkse.'

'Ha Rens, met mij.'

'Hé Manou, hoe is-ie?'

'Wel lekker. School valt een beetje tegen, maar verder gaat het best. En bij jou?'

'Gewoon. Goed. Je weet wel.'

Manou wist het maar al te goed. Renske vond het heel erg dat Manou verhuisd was. Ze had nog niet echt een andere vriendin. Al die jaren was dat niet nodig geweest, omdat Manou en zij altijd samen optrokken. Dus nu zaten de andere meisjes uit haar klas niet echt op Renske te wachten.

'Heb je een beetje zin in dit weekend?' vroeg Manou.

'Zo hé, wat dacht jij dan? Ik ben benieuwd naar je kamer, joh!'

Dat was waar ook. Renske was direct na de verhuizing wel even langsgekomen met haar ouders, maar toen was de kamer van Manou nog lang niet op orde.

'Je zult wel opkijken. Alle muren hangen vol met posters.'

'Britney zeker?'

'Ook. Maar ook Justin en andere lekkere dingen.'

Dat had ze van Claire. Die keek wel eens met haar vader naar een voetbalwedstrijd van Ajax op televisie, alleen maar omdat ze Rafael van der Vaart en Wesley Sneijder zulke 'lekkere dingen' vond. En Claire had haar hele kamer volgehangen met posters van allemaal lekkere dingen. Ze had zelfs al haar posters van Britney Spears, Christina Aguilera en Beyoncé aan Manou gegeven. Knettergek, vond Manou.

'O.' Renske klonk onzeker. 'Dat heb ik allemaal niet, hoor. Bij mij hangen er alleen posters van zangeressen.'

Manou zei maar niet dat zij die posters ook veel belangrijker vond dan die van de lekkere dingen. Stel je voor dat Claire het zou horen! Dan vond die vast weer dat zij een kleuter was.

Daarom ging ze maar over op een ander ondèr-werp.

'Je gaat toch wel mee met Stef en mij naar de manege zaterdag?'

'Ja, natuurlijk. Ik wil het allemaal zien, hoor, in dat dorp van jou. De manege, die Stef en ook die gekke hond van haar, hoe heet hij ook weer?'

'Hendrik-Jan van Dalen,' zei Manou lachend. 'En de kat heet Poef.'

Bij Stef thuis hadden ze een witte poolhond, die altijd achter het huis op de binnenplaats lag en die Hendrik-Jan van Dalen heette. Met zijn dikke vacht zou het binnen veel te warm zijn voor het dier. Het rare was dat hij niet in de tuin plaste en poepte, maar alles ophield totdat Stef of een van haar familieleden met hem ging wandelen. Dan ging zijn hondenriem ook mee, al wilde hij die niet om zijn nek. Hij liep altijd hetzelfde rondje, vlak voor de persoon met de riem uit, en plaste en poepte steeds op dezelfde plekken.

Nog vreemder was dat Stefs dikke kat Poef, die altijd opgerold lag te slapen en zijn naam alle eer aandeed, iedere keer meeging als Hendrik-Jan van Dalen werd uitgelaten. Hij liep dan een eindje achter hen aan en maakte soms even een ommetje als ze een andere hond tegenkwamen.

Manou had Renske alles verteld over Hendrik-Jan van Dalen en Poef en de rare optocht die ze een paar keer per dag vormden. Daar had Renske hard om moeten lachen. Eerst wilde ze het niet geloven, maar nu vond ze het prachtig.

'Ik wil ze echt zelf zien, hoor!' zei Renske dringend. 'En als je het allemaal verzonnen hebt, dan doe ik je wat.'

Ze lachten allebei.

'En je moet op de manege ook Kuyt zien,' vertelde Manou.

'Dat is een Fries, een heel mooi zwart paard. En nog erg jong. Maar hij is van de week gevallen. En toen hebben Stef en ik geholpen. Spannend, joh!'

'Kuyt?' vroeg Renske. 'Wat een rare naam voor een paard.'

'Ja, net als Dirk Kuyt, weet je wel?' zei Manou ongeduldig. 'Ik had je toch verteld dat meneer Van der Meulen alle paarden de namen van voetballers heeft gegeven?'

'Ach ja, dat was ik vergeten. Je vertelt ook zoveel.'

Het was even stil. Renske had gelijk. Tijdens hun telefoongesprekken was het vrijwel altijd Manou die verhalen vertelde. Zij maakte nu eenmaal heel andere dingen mee dan in de stad.

Daar kon Renske alleen nieuwtjes over Manousvoormalige klasgenoten en Renskes familieleden tegenoverstellen.

Manou doorbrak de stilte. 'Maar nu ga je het allemaal zelf zien. Moet mijn vader je komen halen?'

'Nee nee, mijn moeder brengt me, heeft ze beloofd.'

'Weet je al hoe laat?'

'Tja, morgenmiddag dus. Na school ga ik direct naar huis om mijn koffer verder in te pakken en dan komen we naar jullie.'

'Hoe laat zijn jullie er dan? Half vijf?' drong Manou aan.

'Zoiets ja. Al kunnen we misschien last hebben van files, zegt mijn moeder.'

Manou grinnikte. 'Welnee, joh. Bij ons in het dorp hebben we helemaal geen files.'

'Ja, maar bij ons in de stad wel,' wierp Renske tegen. 'En we moeten eerst een aardig eindje rijden voordat we bij jullie dorp zijn, weet je nog wel?'

Dat wist Manou zeker nog. Een langer eindje dan haar lief was. Want nu woonde ze wel erg ver van haar vriendin vandaan. Maar gelukkig kwam Renske morgen.

Het telefoongesprek was veel sneller afgelopen dan Manou eigenlijk wilde. Maar ja, ze moesten elkaar de volgende dag ook nog wat te vertellen hebben.

Dat is lang geleden!

De hele volgende dag op school was Manou vreselijk opgewonden. Wat konden haar al die lessen schelen? Ze wilde naar huis. Want Renske kwam!

De uren gingen tergend traag voorbij. En dan was de vrijdag ook nog eens haar vaste overblijfdag. Dat betekende dat ze tussendoor niet eens even naar huis kon. De hele dag op school, wat een ellende!

Ze keek tussen haar wimpers door naar meester Johan, die een heel verhaal stond te houden waar ze niet naar luisterde. Het enige moment dat ze die dag echt haar best deed, was tijdens de overhoring van topo. Dat had ze immers niet voor niets geleerd.

Het duurde een eeuwigheid voordat eindelijk de bel ging. Het was weekend! Nog nooit was ze zo snel naar buiten gerend. Stef haalde haar pas op het schoolplein in, vlak bij het hek.

'Tjonge, wat heb jij een haast, zeg!' pufte Stef.

'Ja, wat dacht je?' zei Manou blij. 'Renske komt zo!'

Alsof Stef dat had kunnen vergeten. Manou had het er al de hele week over gehad dat haar grote vriendin uit de stad kwam logeren.

Al die tijd had Stef, tot Manous grote opluchting, geen greintje jaloersheid getoond. Blijkbaar had ze er geen moeite mee dat Manou voordat ze haar kende jarenlang een echte hartsvriendin had gehad. En nog altijd had!

'Zal ik straks ook naar jou toe komen?' vroeg Stef op weg naar huis.

Manou aarzelde even. Eigenlijk wilde ze Renske voor zichzelf houden. Maar ze had haar beide vriendinnen inmiddels zoveel over elkaar verteld dat ze hen nu natuurlijk wel aan elkaar moest voorstellen.

'Ja, eh... goed,' antwoordde ze. 'Renske komt om een uur of half vijf.'

'Dan kom ik iets later,' besliste Stef. 'Dan kunnen jullie elkaar eerst even rustig begroeten.'

Manou keek haar dankbaar aan. Stef was eigenlijk wel een erg goede vriendin, die niet altijd meteen aan zichzelf dacht. Zou zijzelf ook aan zoiets gedacht hebben in Stefs geval? Daar dacht ze liever niet te lang over na.

Op de hoek bij de drogist namen ze afscheid. Het laatste stuk huppelde Manou naar huis.

'Heb je al thee gezet?' riep ze zodra ze de keuken binnenrende.

'Ook goedemiddag!' zei haar moeder bestraffend. 'Leuk dat je er weer bent.'

'Ja, tuurlijk.' Manou maakte een verontschuldigend gebaar.

'Sorry, hoor, maar ik wil graag dat alles perfect is als Renske komt.'

'Dat begrijp ik echt wel,' suste haar moeder. 'En ik zorg natuurlijk dat er thee is als Barbara en Renske hier straks zijn.'

O ja, Barbara. In de stad waren de moeders van Renske en Manou nogal bevriend geweest. Dat was Manou bijna vergeten.

Samen met haar moeder had ze haar kamer al in orde gebracht. Er lag een matras met een slaapzak op de grond voor Renske en een handdoek met een washandje op een stoel.

Manou had het eten voor vanavond mogen uitkiezen en had voor schnitzel met patat gekozen, omdat ze wist dat Renske daar zo gek op was.

Waar bleven ze nou? Waarom duurde het zo lang voordat het half vijf was? Liep die klok wel goed? Tientallen keren keek Manou uit het raam aan de voorkant om te zien of de vertrouwde auto van Renskes moeder eraan kwam.

Toen Manou de moed al bijna had opgegeven, kwam het groene busje van Renskes moeder voorrijden. Manou slaakte een kreet van blijdschap en stormde naar de deur. Toen ze die open had gerukt, stond Renske al naast de auto. De twee meisjes renden naar elkaar toe en sloegen de armen om elkaar heen.

Intussen was Mamsyl in de deuropening verschenen. Ze lachte vriendelijk naar de moeder van Renske, die een koffer van de achterbank haalde en de auto afsloot. Op het tuinpad liepen de twee vrouwen naar elkaar toe en gaven elkaar een hand.

'Ha Sylvia.'

'Ha Barbara. Dat is een tijd geleden!'

'Veel te lang!' riepen hun dochters tegelijkertijd. Lachend gingen ze alle vier naar binnen.

Ben jij nou Stef?

Druk pratend gingen de twee vrouwen en de twee meisjes in de woonkamer zitten. Mamsyl schonk thee en limonade in, Manou ging rond met het schaaltje koeken dat ze tevoren al hadden klaargezet.

Er viel zoveel te vertellen! Sinds de verhuizing was er zowel in de stad als in het dorp van alles gebeurd waar ze elkaar hoognodig over moesten bijpraten. Ze konden nauwelijks wachten tot de ander was uitgepraat om dan snel weer zelf het woord te nemen.

'Allemachtig, het lijkt hier wel een parkieten-kooi,' riep Claire toen ze binnenkwam. Ze gooide haar schooltas in een hoek en deed haar handen tegen haar oren. Maar toen verscheen er een brede glimlach op haar gezicht en liep ze met uitgestoken hand naar de twee gasten toe.

'Ha Renske. Dag mevrouw Den Ouden. Leuk jullie weer eens te zien!'

Dat viel Manou niks tegen. Even was ze bang geweest dat Claire vervelend zou gaan doen door Renske en haar als kleine kinderen te behandelen. Maar ze kon eigenlijk ook best aardig zijn. Als beloning hield ze haar grote zus het schaaltje koeken voor, waar Claire er natuurlijk direct een van nam.

Met zijn vijven zaten ze zo druk door elkaar te praten dat niemand in de gaten had dat er in de keuken 'Volk!' werd geroepen. En dus keken ze allemaal verbaasd op toen Stef ineens midden in de kamer stond.

Stef glimlachte verlegen en mompelde een groet. Voordat Manou iets kon zeggen, stond Renske op en liep naar de nieuwe gast toe. 'Hallo, ben jij nou Stef?'

'Yep,' zei Stef automatisch. Ze keek het andere meisje recht in de ogen. 'En dan ben jij waarschijnlijk Renske.'

'Yep,' antwoordde Renske en ze schoot meteen in de lach.

'Zeggen ze dat hier allemaal in het dorp, yep?'

Stef lachte mee. 'Nee, alleen ik. En ik zeg het altijd omdat ik dacht dat mensen in de stad altijd yep zeggen. Dan voelen jullie je hier wat meer thuis.'

Verbaasd zag Manou hoe haar twee vriendinnen binnen een minuut na hun kennismaking de grootste lol met elkaar hadden. Dat had ze niet durven dromen.

Ze keek glimlachend naar de twee meisjes die ze het belangrijkst vond in de hele wereld. Renske met haar grappige gezicht, haar blonde haar en die sprekende bruine ogen. En dat die kordate Stef met haar korte haren en die grijns die haar zo goed stond. Pas nu zag Manou dat ze alle drie vrijwel even lang waren. En dus een kop kleiner dan Claire. Hmm, dat zou hun wel weer de nodige kleinerende opmerkingen gaan opleveren, dacht ze. Want zo'n kans liet Claire natuurlijk nooit schieten.

'Zeg slome, kom jij er ook nog eens bij, of hoe zit dat?' riep Renske.

'Anders gaan Renske en ik wel alleen weg, hoor,' voegde Stef daar lachend aan toe.

Bijna geschrokken stond Manou op. Je kunt ook niet even in gedachten zijn of iedereen begint tegen je samen te spannen.

'Waar willen jullie dan heen?' vroeg ze verbaasd, terwijl Stef de moeder van Renske een hand gaf.

'Naar het huis van Stef, natuurlijk,' zei Renske op een toon alsof dat volkomen vanzelf sprak. Vragend keek Manou van de een naar de ander.

'Heb je dat dan net niet gehoord?' vroeg Stef met opgetrokken wenkbrauwen. 'Renske wil Hendrik-Jan van Dalen en Poef zien.'

'Wie zijn dat dan?' vroeg Renskes moeder.

'Dat vertel ik je zo wel, als zij weg zijn,' zei Mamsyl. 'Zeg Manou, zijn jullie wel op tijd terug voor het eten?'

'Ja, hoor,' beloofde Manou. 'En mag Stef ook mee-eten?'

'Van mij wel,' antwoordde Mamsyl. 'Als Stefs moeder het ook goedvindt.'

De drie meisjes stonden al bij de deur.

'Renske, zie ik jou nog?' riep Renskes moeder.

'Ik weet het niet.' Renske trok een grappig gezicht. 'Misschien straks en anders zondag. Aju!'

En meteen was ze de deur uit. Ook Manou en Stef groetten en gingen haar gauw achterna.

Die middag was de stoet achter Hendrik-Jan van Dalen langer dan anders. En toch vertikte de witte poolhond het om zijn rondje ook maar een stap langer te laten zijn.

Niet gek voor een bejaarde

'Het wordt hier knap druk aan tafel!' vond Patom toen hij die avond om zich heen keek.

Naast hemzelf, Mamsyl en Claire zaten er drie druk pratende meisjes van negen te eten. Ze hadden zoveel te bespreken dat de andere drie nauwelijks aan het woord kwamen.

'Het lijkt wel een kleuterklas,' mopperde Claire.

'Niet zo onaardig doen, Claire,' vermaande Mamsyl. 'Zulke dingen zeggen je vader en ik ook niet tegen jou als jij een paar vriendinnen over de vloer hebt.'

'Maar het zijn toch kleuters!' protesteerde Claire. 'Moet je ze nou eens zien!' Ze gebaarde verontwaardigd naar Renske, Manou en Stef, die aan één stuk door aan het giebelen waren.

'Omdat jij nu toevallig een paar jaar ouder bent, hoef je ze nog geen kleuters te noemen,' hield Mamsyl vol. 'Wat zouden je vader en ik dan wel niet van jou moeten zeggen? Want wij zijn wel meer dan een paar jaar ouder dan jij.'

'Jullie zijn niet een paar jaar ouder, jullie zijn bejaard,' kaatste Claire terug.

'Zeg jongedame,' deed haar vader quasi-boos, 'zal ik jou als bejaarde man dan zo maar eens de kieteldood geven?'

Claire slaakte een gilletje, waardoor de drie meisjes verbaasd naar haar opkeken. 'Nee, niet doen! Daar kan ik niet tegen!'

'Mooi,' bromde haar vader tevreden naar Mamsyl. 'Dat werkt dus nog altijd. Niet gek voor een bejaarde!'

Ze lachten allebei, waardoor de drie meisjes nu verbaasd in hun richting keken.

'Nee, kwebbel maar gewoon door,' zei Mamsyl met een handgebaar, 'we hadden het niet over jullie.'

Meteen werd het gesprek met veel gegiechel hervat. Nadat Patom en Mamsyl de borden en de pannen van tafel hadden gehaald, vroeg Mamsyl: 'Nu wil ik wel eens horen of jullie eigenlijk weten wat jullie zojuist hebben gegeten. Jullie hadden het zo druk met praten dat je dat volgens mij niet eens gemerkt hebt.'

Dat was weer reden voor een gezamenlijke lachbui aan de overkant van de tafel. Maar met elkaar kwamen ze er wel uit wat ze naar binnen hadden gewerkt. Schnitzel met patat, doperwten, appelmoes en jus. Manou keek haar moeder tri-omfantelijk aan.

'Dat is heus niet knap van je, hoor,' zei die spottend. 'Ik zou het niet best gevonden hebben als je dat niet eens had geweten.'

'Nee, maar ik had er niet vreemd van opgeke-ken,' voegde Patom daar grijnzend aan toe.

Toen de toetjes in een recordtempo waren ver-slonden, kreeg Claire opnieuw een hele avond de afstandsbediening voor zich alleen. De drie vriendinnen haastten zich namelijk naar boven, omdat er nog veel meer te bepraten viel.

Uit de kamer van Manou klonk nog altijd gelach en geklets toen Patom om negen uur kwam zeggen dat het voor Stef de hoogste tijd was om naar huis te gaan. Hij zou haar wel even brengen.

Renske en Stef omhelsden elkaar alsof ze oude vriendinnen waren. En ook Manou sloeg haar armen om Stef heen, wat ze anders nooit deed.

'Zie ik jullie morgen op de manege?' vroeg Stef vanuit de deuropening.

'Tuurlijk!' riep Manou vrolijk terug. 'Dat zou-den we niet willen missen, hè Renske?'

'Ik niet,' bevestigde Renske. 'Ik wil die manege van jullie nu ook wel eens zien.'

'Dan kom ik jullie morgenochtend ophalen,' beloofde Stef.

'Leuke meid,' zei Renske waarderend toen Stef vertrokken was.

Manou haalde haar schouders op en zei met een gezicht dat ze maar moeilijk in de plooi kon houden: 'Och, dat valt wel mee. Het kon erger.'

Het volgende moment gooide Renske haar een kussen naar het hoofd.

Gierend van het lachen begonnen ze een kussengevecht. Daar hielden ze pas mee op toen Claire kwam vragen of het misschien wat zachter kon, omdat ze zichzelf niet eens kon verstaan met al die herrie.

Ook toen 's avonds het licht op Manous kamer allang uit was, hielden de twee vriendinnen nog niet op met praten. Ze hadden elkaar veel te lang niet gezien, daar waren ze het hartgrondig over eens.

'We moeten veel vaker bij elkaar gaan logeren,' vond Manou.

'Och,' antwoordde Renske droog. 'Dat weet ik nog zo net niet. Daar moet ik het eerst eens met mijn goede vriendin Stef over hebben.'

Meteen kreeg ze een klap met een kussen op haar gezicht.

Even later stak Claire woedend haar hoofd om de hoek vade deur. 'Kunnen jullie nou eindelijk eens een beetje stil zijn? Ik kan mezelf niet eens horen als ik droom.'

Giechelend trokken de twee meisjes het dekbed en de slaapzak over hun hoofden heen. Ze waren nog lang niet van plan om te gaan slapen.

Welke rare namen?

De volgende ochtend hadden Manou en Renske er toch wel moeite mee om wakker te worden. Mamsyl moest een paar keer roepen voordat ze een beetje bij bewustzijn kwamen. Ineens hadden ze veel minder praatjes.

Na het douchen kleedden ze zich stilletjes aan, om vervolgens met duffe gezichten aan de ontbijttafel te gaan zitten.

'Zo dames, gaat het een beetje?' vroeg Patom opgewekt, terwijl hij thee inschonk. 'Of gaan jullie vanavond toch maar wat vroeger slapen?'

Op zulke stomme vragen gaf Manou niet eens antwoord. Het sprak toch vanzelf dat je iets later in slaap viel dan anders, als je met je beste vriendin aan het praten was? Zeker als je die vriendin zo'n tijd niet had gezien! Ze was maar wat blij dat Claire nog niet op was.

Zwijgend smeerden de twee meisjes hun boterhammen. Een om direct op te eten en een zakje vol om mee te nemen. Ze stopten ook een paar pakjes appelsap in de tas, plus natuurlijk wat wortels en groenvoer voor de paarden en pony's. Zij waren immers niet de enigen die moesten eten.

Ze waren nog lang niet klaar toen Stef de achterdeur opendeed, 'Volk!' riep en meteen de keuken binnenstapte.

'Hallo allemaal,' riep ze jolig. 'Lekker geslapen?'

Renske en Manou keken elkaar wat zuur aan. Stef had al net zo'n onuitstaanbaar goed humeur als Patom. Dat beloofde wat vanochtend.

Stef ging gewoon verder waar ze de vorige avond gebleven was. Ze praatte honderduit over de klas, de manege, haar hond en kat, en wat ze sinds gisteravond allemaal had gedaan. Het leek haar niet eens op te vallen dat Manou en Renske wel erg weinig terugzeiden.

'Wil je nog wat eten, Stefanie?' vroeg Mamsyl.

Stef schudde haar hoofd. 'Nee, dank u wel. Ik heb al ontbeten. En ik heb genoeg bij me voor op de manege.'

Ze klopte op haar grote rugzak, waar haar rijzweep uitstak en haar cap bovenop zat vastgegespt. Verwachtingsvol keek Stef naar haar beide vriendinnen. 'Zullen we dan maar gaan?' stelde ze voor.

De twee anderen waren nog helemaal niet zover, maar stonden toch op. Ze deden het brood en de andere spullen in Manous tas en gingen hun jassen pakken.

Toen ze terugkwamen, stond Stef al bij de achterdeur. 'Kom op,' moedigde ze hen aan.

Een beetje sloom sjokten de twee achter haar aan. Bij de deur beantwoordden ze zonder veel enthousiasme het 'Veel plezier ' en 'Tot straks' van Manous ouders.

Maar eenmaal buiten in de frisse ochtendlucht werden ze snel helemaal wakker. Manou begon er warempel weer zin in te krijgen. Het was net alsof de enorme dufheid van die ochtend langzaam van haar af gleed.

Nog voor ze de buitenwijk uit waren, raakten de meisjes alweer druk in gesprek. Ze konden het er niet over eens worden wie er nu eigenlijk beter kon zingen, Britney of Christina. En of de laatste Idols-serie wel of niet beter was dan de vorige.

Voordat ze er erg in hadden, waren ze al bij de oprijlaan van de boerderij aangekomen. 'Manege De Paardenstaart,' las Renske hardop. Ze lachte. 'Wat een rare naam! Ik wist helemaal niet dat jullie manege zo heette!'

'O, had Manou dat niet verteld?' vroeg Stef verbaasd.

Manou fronste haar wenkbrauwen. Ze kon zich inderdaad niet herinneren dat ze Renske ooit de naam van de manege had verteld.

'Het is wel leuk bedacht,' vond Manou. 'Omdat paardenstaart twee verschillende dingen kan betekenen, bedoel ik.'

Stef knikte. 'En de eigenares van de manege, Francine, die de dochter is van de boer, heeft zelf ook een paardenstaart. Volgens Manou heeft meneer Van der Meulen daarom die naam bedacht.'

'Dat zou toch best kunnen?' zei Manou, iets feller dan haar bedoeling was. 'Hij heeft toch ook al die rare namen voor de paarden en pony's bedacht?'

'Welke rare namen?' wilde Renske weten.

'Dat heb ik je wel verteld,' wist Manou zeker. 'Jij moest er nog zo om lachen dat hij bijna alle paarden de achternamen van voetballers heeft gegeven.'

Het was aan Renskes gezicht te zien dat ze zich daar vaag iets van herinnerde.

'Er zijn hier pony's die Gullit of Van Nistelrooij heten,' hielp Stef haar. 'En die twee Friezen waar we je over vertelden, heten Kezman en Kuyt.'

Renske maakte een ongeduldig gebaar. 'Oké, dat begrijp ik. Dat zijn gewoon namen van voetballers. Maar wat zijn nu die rare namen waar je het over had?' Stef en Manou keken elkaar sprakeloos aan.

Je bent een stadsmeisje of niet

Op dat moment zagen ze dat Francine twee pony's uit de grote ponystal naar buiten leidde en aan het hek vastzette.

'Kom, we gaan de pony's borstelen en opzadelen!' riep Stef en ze begon meteen te rennen.

'We?' vroeg Renske aan Manou. 'Moet ik meehelpen dan?' Manou lachte. 'Tuurlijk. Je dacht toch niet dat je mocht toekijken terwijl wij al het werk doen?'

En dus stond Renske even later onwennig met een rosborstel in haar handen.

'Kijk, je maakt grote cirkels op de flank van de pony,' vertelde Manou, net zoals Stef het haar een paar weken tevoren geleerd had, 'zodat je het vuil goed losmaakt. Dan kunnen we dat zo verder afborstelen met een fijne borstel.'

Net zo onhandig als Manou dat zelf in het begin had gedaan, begon Renske de pony te borstelen.

'Goed zo!' riep Stef lachend. 'Je bent al bijna beter dan Manou.'

'Hé, wat krijgen we nou?' reageerde Manou verontwaardigd. Maar ze moest wel meelachen toen ze haar beide vriendinnen zag proesten van de pret.

'Doen jullie nog wat nuttigs of staan jullie hier alleen maar een beetje te geiten?' vroeg een spottende stem achter hen. Alle drie tegelijk draaiden ze zich om. Daar stond Angela, met een afkeurend lachje om haar mond.

Manou wilde al boos uitvallen, maar Renske was haar voor. Ze bekeek de nieuwkomer met een ijzige blik en vroeg snijdend: 'Zeg, ben jij soms chagrijnig geboren of heb je alleen vandaag zo'n rotkop?'

Angela hapte naar adem, terwijl Stef en Manou verbijsterd naar Renske keken. Die was echter nog niet klaar. 'Als jij nou eens fijn zelf een pony zoekt om te borstelen,' voegde ze haar toe, 'dan hoef je ons niet van het werk te komen houden.' Vervolgens draaide ze zich om en ging weer verder met haar rosborstel.

Toen Manou en Stef even later naast haar kwamen staan, vroeg Renske, zonder te kijken: 'En, staat ze er nog?'

'Nee,' antwoordde Manou. 'Ze is naar binnen gegaan. Waarschijnlijk om een pony of een zadel te halen.'

'Jij durft, zeg!' zei Stef bewonderend. 'Die meid doet altijd zo vervelend tegen ons, maar jij zet haar zomaar op haar plaats.'

'Hé, ik heb haar laatst toch ook de waarheid gezegd op het schoolplein?' protesteerde Manou.

Maar Stef wuifde die opmerking weg. 'Dat was heel iets anders. Renske had Angela nog nooit gezien. En toch bekt ze haar zomaar af.'

'Och.' Renske grijnsde terwijl ze haar schouders ophaalde, bijna verontschuldigend. 'Je bent een stadsmeisje of niet.' Manou wist niet wat ze daarop moest zeggen, terwijl ze zag dat Stef meteen weer in de lach schoot. Zijzelf was toch tot een paar maanden geleden ook een stadsmeisje geweest? En zij was toch ook uitgevallen tegen Angela? Het leek wel of Stef alles wat Renske deed en zei leuker en belangrijker vond dan wat zij, Manou, zei en deed. Of begon ze nu jaloers te worden? Ze keek naar haar beide vriendinnen, die het overduidelijk zeer goed met elkaar konden vinden.

Misschien moest ze vooral niet te moeilijk doen en gewoon blij zijn dat die twee niet op het eerste gezicht een hekel aan elkaar hadden. Want dan was het pas echt goed mis geweest. Wat had ze in dat geval moeten doen?

Op die vraag hoefde ze gelukkig geen antwoord te bedenken, want Francine kwam de ponystal uit lopen met een zadel en wat hoofdstellen in haar handen.

'Fijn dat jullie al bezig zijn,' zei ze vriendelijk. 'Maar we moeten wel een beetje doorwerken, anders zijn we niet op tijd klaar voor de les.'

Het drietal begreep het seintje. Er moest nu even minder gepraat en harder gewerkt worden. En dus begonnen ze te borstelen alsof hun leven ervan afhing. Alle drie.

Moet je opletten

Nog geen kwartier later waren alle pony's voor de les geborsteld en opgezadeld. Ook Angela en haar vriendinnen hadden hun werk zonder mopperen gedaan. Maar Angela had Renske niet meer aangekeken.

Nu gingen ze in een lange rij naast hun pony's naar de binnenbak voor de les. Renske en Manou liepen met Stef mee. Terwijl Stef en de anderen met hun pony's het zand van de binnenbak in stapten, bleven Manou en Renske achter het schouderhoge muurtje bij het rolhek staan. Daar konden ze de les mooi volgen, leunend over de muur.

Manou zag tevreden dat Renske haar ogen uitkeek. Zo had zijzelf ook gestaan een paar weken geleden. Raar dat je als stadskind zo weinig af weet van hoe het toegaat op een boerderij of een manege. Het was net of kinderen in een dorp heel andere dingen leerden dan zij in de stad.

De meisjes en jongens in de bak waren hun pony's verder rijklaar aan het maken.

'Kijk, nu singelt Stef haar pony aan.' Manou wees ernaar.

'Dan trekt ze de buikriem aan, om te zorgen dat het zadel goed strak blijft zitten. Anders gaat het misschien schuiven als ze erop zit. En dat is gevaarlijk.'

Renske knikte. Ze was zichtbaar onder de indruk van wat Stef kon en Manou wist.

'En nu hangt ze haar beugels op maat,' vertelde Manou. 'Dan zitten ze straks precies hoog genoeg voor haar voeten.'

Samen keken ze toe hoe Stef en de anderen opstegen en rondjes begonnen te rijden. Francine kwam de binnenbak binnen en ging in het midden staan. Ze keek rond en schudde haar paardenstaart naar achteren.

'Oké, nu allemaal aandraven,' zei Manou zacht. En inderdaad, even later riep Francine precies hetzelfde.

'Hoe wist jij dat?' vroeg Renske verbaasd.

Manou grinnikte. 'Dat zegt ze altijd. Daarmee beginnen ze de les.'

De pony's waren nu harder gaan lopen, waarbij de ruiters steeds gingen zitten en staan, op-neer, op-neer, op-neer.

'Dat lijkt me vermoeiend,' zei Renske. 'De hele tijd zo op en neer wippen.'

'Dat heet licht rijden,' wist Manou. 'Dan gaan ze in de draf mee met de beweging van de pony. Voor zo'n dier voelt dat dan licht aan.'

'Kunnen ze ook zwaar rijden?' vroeg Renske.

Manou trok een grimas. 'Ja, maar dat heet doorzitten. Dat doen ze vast zo.'

En inderdaad gaf Francine na een tijdje het commando: 'Nu allemaal doorzitten.'

'Moet je opletten,' fluisterde Manou. 'Zo meteen gaan ze ontzettend hard. Dat heet galopperen.'

Daar had Renske wel eens van gehoord. Ze leunde nieuwsgierig over het muurtje.

Na een paar rondjes doorzitten riep Francine: 'Oké, nu allemaal in een hoek aanspringen in galop. Geef elkaar de ruimte, hè!'

De een na de ander liet een pony in galop aan-springen. De pony's hadden er echt zin in. Alsof ze deelnamen aan een wedstrijd kwamen ze langs het muurtje van Renske en Manou rennen. Twee, drie rondjes lang.

'Zo hé, wat gaat dat hard!' riep Renske enthou-siast.

Manou was blij om te zien dat haar vriendin het zo mooivond. Het was alsof de manege ook een beetje van haar was, zodat ze die nu trots kon laten zien.

Toen gaf Francine weer een sein: 'Mooi zo, nu allemaal terug naar draf.'

In het daaropvolgende kwartier liet Francine de groep allerlei figuren rijden. Dat vond Manou jammer, want het was heel wat minder spectaculair om te zien dan de grote galopsprongen van zojuist.

Dat vond Renske kennelijk ook, want die begon al om zich heen te kijken. 'Zullen we even in de kantine gaan zitten?' stelde ze voor.

Maar dat wilde Manou niet. 'Nee, joh, ik wil kijken. En misschien mag ik straks wel weer uitstappen, als Stef klaar is met de les.'

Ze kon aan Renskes gezicht zien dat ze niet meer wist wat uitstappen was. En daar had Manou haar per telefoon nog wel zoveel over verteld!

Dit is nou uitstappen

De les liep langzaam ten einde. Nog één keer kwamen de pony's met veel geweld en vaart langsdaveren, in volle galop.

'Dat zou ik nooit durven,' zei Renske vol ontzag. Manou dacht er net zo over, maar dat zei ze niet. Ze wilde liever dat Renske het idee had dat zij zich al helemaal thuis voelde op de manege.

Eindelijk riep Francine: 'Oké, jongens, goed gedaan. Wat mij

betreft kunnen jullie gaan uitstappen!'

Meteen rende Manou naar het hek, wurmde zich erlangs en ging de bak in. Ze holde tussen de in stap rondlopende pony's door tot ze bij Stef was aangekomen. Die reed ook dit keer op Davids.

'Wil jij weer uitstappen?' vroeg Stef.

'Tuurlijk!' riep Manou blij. 'Wat dacht jij dan?'

Stef bracht Davids tot stilstand en liet zich aan de zijkant van de pony af glijden. Toen deed ze haar cap af en gaf die aan haar vriendin, die hem meteen opzette en vastgespte.

Manou zette haar linkervoet in de stijgbeugel, hupte een paar keer en trok zich toen aan het zadel omhoog. Met een brede zwaai sloeg ze haar rechterbeen over de rug van de pony. De eerste paar keren had ze daar behoorlijk moeite mee gehad, maar inmiddels kon ze het al aardig.

Ze deed ook haar rechtervoet in de beugel en pakte de teugels beet. Vervolgens keek ze triomfantelijk naar Renske en riep:

'Kijk Rens, dit is nou uitstappen!'

Apetrots reed ze in stap op Davids. Gelukkig hield Stef de pony de hele tijd vast, want anders had Manou het niet gedurfd. Stel je voor dat zo'n beest er ineens met je vandoor ging! Dan zou ze niet weten wat ze moest doen.

Ze waren nog maar net op weg, toen ze tot hun stomme verbazing Angela op Van Nistelrooij naar Renske zagen rijden.

'Wil jij soms ook uitstappen?' vroeg Angela, zonder Renske recht aan te kijken.

Onzeker keek Renske naar haar twee vriendinnen.

Manou slikte even en riep toen: 'Doe maar, Rens! Angela houdt je pony wel vast. Toch, Angela?'

Het meisje met de vlechten wierp een strakke blik op haar, maar zei niets. Toen draaide ze zich om naar Renske en vroeg:

'Kom je nog?'

'Oké,' zei Renske. Ook zij ging langs het rolhek de bak in.

Stef en Manou zorgden dat ze een beetje bij Angela en Van

Nistelrooij in de buurt bleven, om op te letten wat er gebeurde.

Angela zette haar cap af en gaf die aan Renske. 'Die moet je goed vastmaken,' zei ze. 'Zonder cap mag je niet rijden. Dat is niet veilig.'

Renske deed wat haar gezegd werd en keek toen verwachtingsvol naar Angela.

Die wees op de linkerbeugel. 'Je linkervoet daarin en dan optrekken en opstappen. Ik hou de pony vast en geef je wel een zetje.'

Ze hield de beugel stil voor Renskes voet. 'Het kan zijn dat de beugels iets te lang voor je zijn, want jij hebt kortere benen dan ik. Maar die stel ik dan zo wel even bij.'

Terwijl Manou en Stef een beetje bezorgd toe- keken, hielp Angela Renske zonder problemen op de pony.

'Nu moet je proberen je andere voet ook in de beugel te doen,' wees Angela.

Daar had Renske de nodige moeite mee, maar met een beetje hulp van Angela lukte het toch. Angela's vriendinnen keken al net zo verbaasd toe als Stef en Manou.

'Moet ik de beugels wat inkorten?' vroeg Angela.

'Nee, laat maar. Het gaat zo ook wel,' antwoordde Renske, die fier rechtop op Van Nistelrooij zat, alsof ze al heel vaak had gereden. Terwijl Manou wist dat haar vriendin alleen ooit in het pretpark Slagharen op een pony had gezeten.

Net als Stef liep Angela naast haar pony mee. Renske zwaaide enthousiast. 'Kijk mij eens! Ik rijd ook!'

Manou lachte naar haar. Ze vond het geweldig voor haar vriendin. Maar toch ook een beetje vervelend, omdat haar eigen uitstappen nu een stuk minder bijzonder was geworden.

Toen Francine het sein gaf dat de pony's moesten worden afgezadeld, liet Manou zich van de pony af glijden, net zoals Stef dat even tevoren had gedaan. Ze had gedacht dat ze Renske misschien moest helpen afstappen, maar dat deed Angela al.

Breed lachend gaf Renske de cap terug aan Angela. 'Hartstikke bedankt. Dat was geweldig!'

'Graag gedaan, hoor,' zei Angela. Ze hield haar hoofd een beetje scheef en voegde eraan toe: 'Al was het alleen maar om te laten zien dat ik niet chagrijnig geboren ben.'

Dat leverde haar een stralende glimlach van Renske op. Manou wist niet wat ze zag. Hoe had haar vriendin dat voor elkaar gekregen?

Ik wilde jullie bedanken

In een uitgelaten stemming liepen Renske en Manou met Stef mee om Davids naar zijn stal te brengen.

'Ik kan het gewoon niet geloven!' jubelde Renske. 'Ik heb op een echte pony gezeten!'

'Ja, dat viel me niet tegen van Angela,' bromde Stef. 'Dat had ik nooit verwacht.'

Manou wist niet goed wat ze moest zeggen. Ze had Renske van alles willen laten zien van háár manege, en nu was haar vriendin eigenlijk net zover als zijzelf. Dat zat haar niet lekker, al liet ze dat natuurlijk niet merken.

Stef verloste Davids van zijn hoofdstel, deed hem zijn halster om en zette hem vast aan het hek bij de ponystal. Ze haalde zijn zadel eraf en bracht dat naar binnen, samen met het hoofdstel.

'Dan gaan wij hem vast borstelen,' besliste Manou.

Allebei pakten ze een borstel uit de borstelbak en ze begonnen de pony te borstelen, elk aan een kant.

'Hij is helemaal nat,' zei Renske. 'Is dat altijd zo als ze gereden hebben?'

Ah, gelukkig, Renske zag haar nog steeds als een deskundige aan wie ze van alles kon vragen.

'Jazeker,' zei Manou. 'En dat is natuurlijk ook niet zo raar. Zo'n pony moet een uur lang lopen, draven en galopperen met zo'n zwaar zadel en een mens op zijn rug. Hoe zou jij je dan voelen?'

Renske keek vol ontzag naar het grote dier. 'Ze zijn wel beresterk, zeg, dat ze zoiets kunnen.'

'Paarden, en ook sommige grote pony's, kunnen wel honderdvijftig kilo dragen,' wist Manou. Dat had Stef haar pas nog verteld.

'Ongelofelijk,' stamelde Renske. 'Dat is meer dan jij, Stef en ik samen.'

Stef kwam fluitend de schuur uit. Daar liep ze bijna tegen Angela aan. De twee meisjes bleven even staan en keken elkaar niet onvriendelijk aan.

'Hoi Angela,' riep Renske en ze zwaaide naar haar. Angela zei niets terug, maar lachte wel.

Hoofdschuddend kwam Stef naar haar twee vriendinnen toe.

'Ik heb wel eens mensen zien veranderen, maar dit!' Ze keek goedkeurend naar de pony. 'Ik zie dat jullie al bijna klaar zijn. Mooi zo, dan zetten we Davids meteen op stal. Kan hij nog wat eten, want straks moet hij weer een les lopen.'

Niemand had haar aan zien komen, maar ineens stond Francine naast hen. 'Stefanie en Manou, kan ik jullie zo even spreken?' vroeg ze en ze liep weer weg.

Geschrokken keek Manou haar na. Wat zou er aan de hand zijn? Hadden ze iets verkeerds gedaan? Misschien was het wel niet de bedoeling dat ze Renske zomaar hadden meegenomen naar de manege. Ja, dat zou het zijn. Ze hadden van tevoren vast even moeten overleggen of toestemming moeten vragen. O, wat stom! Je zou zien dat ze nu niet meer op de manege mocht komen. Net nu alles zo goed ging!

'Wat zou er aan de hand zijn?' vroeg ze bezorgd aan Stef.

Die haalde haar schouders op. 'Weet ik niet. Dat horen we zo wel. Nu moet eerst Davids op stal.'

Niet helemaal op haar gemak liep Manou achter Stef en de pony aan, met Renske vlak achter zich. Ze kon haast niet wachten tot Stef klaar was, zodat ze naar Francine toe konden. Dan hadden ze dat maar vast gehad. Manou wilde altijd graag weten waar ze aan toe was.

Nadat Stef ervoor gezorgd had dat de pony helemaal naar haar zin op zijn plek stond, keek ze met haar handen in haar zij rond. 'Oké, laten we dan nu maar even bij Francine langsgaan,' zei ze tegen Manou.

Opgelucht liep Manou alvast naar de deur van de ponystal.

'Ga jij ook mee?' vroeg Stef aan Renske.

'Nee, ik blijf wel even hier om bij de pony's te kijken,' antwoordde Renske. 'Ik zie jullie zo wel.'

Met lood in haar schoenen liep Manou naast Stef het erf op.

'Weet jij waar Francine nu is?' vroeg ze.

'Ze zal wel in het kantoortje zitten,' zei Stef.

Het kantoortje was een klein hokje naast de bijkeuken, wist Manou. Ooit had daar een was-hok gezeten, had Stef haar pas nog verteld. Maar dat hadden ze verbouwd tot kantoortje.

Daar stond de computer waarop Francine al haar administratie deed. En als ze het raam opendeed, diende dat als loket.Daar konden de kinderen hun leskaarten laten afstempelen en betalen.

Stef had gelijk. Francine zat in het kantoortje. Ze zette de deur open toen ze de twee meisjes aan zag komen lopen.

'Dat is mooi snel,' vond Francine. 'Ga zitten.' En ze wees op twee stoelen die tegenover haar bureau tegen de muur stonden.

Manou en Stef deden wat hun gezegd werd en keken de jonge vrouw met de blonde paardenstaart vol verwachting aan.

'Ik wilde jullie bedanken voor jullie hulp deze week,' begon Francine. 'Zonder jullie had het heel wat minder goed af kunnen lopen met Kuyt.'

'Hoe is het nu met hem?' wilde Stef weten.

Francine trok een bezorgd gezicht. 'Voorlopig zal hij nog wel pijn houden en het is de eerste tijd uitgesloten dat mijn vader hem voor wedstrijden kan gebruiken. Maar Tempelman zegt dat hij er wel weer bovenop komt.'

Stef floot tussen haar tanden. 'Dat is dan geluk hebben, zeg!'

'Niet alleen geluk,' verbeterde Francine, terwijl ze glimlachend naar de twee meisjes keek. 'Het is ook een kwestie van goed ingrijpen. En de juiste hulp op het juiste moment.'

Pas nu was Manou er gerust op dat ze niet op hun kop zouden krijgen. Francine gaf hun alleen een complimentje!

Maar dat was niet het enige, want de jonge vrouw vervolgde: 'Ik heb het er even met mijn vader over gehad en hij was het met me eens dat jullie wel een beloning verdiend hebben.'

Stomverbaasd keken de twee meisjes elkaar aan.

'Jij mag aan het eind van de middag met de grote stalhulpen een uurtje vrij rijden op een pony die je zelf uitkiest,' zei Francine tegen Stef. 'En jij,' vervolgde ze tegen Manou, 'mag een gratis lesje meerijden met de beginnersgroep, om twee uur vanmiddag.' Haastig voegde ze eraan toe: 'Het mag ook volgende week, als dat jullie beter uitkomt.'

Een echte les!

Manou wist niet wat ze hoorde. Een echte les! Ze zou een echte les krijgen!

'O, dank je wel. Wat goed! Wat leuk!' riep ze enthousiast.

'Ik ben blij dat je het leuk vindt.' Francine lachte. 'Laat je nog even weten of je vanmiddag al meedoet?'

'Ja. Ja, natuurlijk.' Manou was helemaal van haar stuk. Ze vloog Stef, die Francine net aan het bedanken was, haast om haar nek. Toen schrok ze ineens. 'Maar ik heb helemaal geen cap. En geen rijlaarzen.'

'Die mag je wel van mij lenen,' beloofde Stef. 'We zullen wel ongeveer dezelfde maat hebben.'

'En denk je dat je ouders het goedvinden als je hier een les volgt?' vroeg Francine.

Dat was waar ook. Haar ouders! Daar had Manou helemaal nog niet aan gedacht. 'Ik weet het eigenlijk niet,' zei ze nadenkend. 'Misschien moet ik ze even bellen. Maar ze zullen het vast wel goedvinden, hoor.'

'Bel nou maar, dan weet je het zeker,' zei Francine, terwijl ze haar mobieltje aan Manou gaf.

Met onzekere vingers toetste Manou het nummer in en toen het groene knopje met het telefoontje erop.

'Tom de Wilde,' hoorde ze aan de andere kant van de lijn.

'Ha Patom, met mij.'

'Dag mij, hoe is het?'

'Doe niet zo flauw. Met Manou. Ik heb een vraag.'

'Nee, je krijgt geen geld van me. Of gaat het daar niet om?'

'Doe nou even serieu-heus!' zei Manou geërgerd. 'Dit is heel belangrijk.'

'Oké, wat is er aan de hand?' De stem van Patom klonk nu inderdaad een stuk serieuzer.

'Van Francine mag ik een gratis beginnersles rijden, omdat Stef en ik van de week zo goed hebben geholpen met dat gewonde paard.'

Ze lachte breed naar Francine, die aandachtig meeluisterde, net als Stef. 'En het is vanmiddag al. Mag het?'

'Is dat op de manege?' vroeg haar vader.

'Ja, natuurlijk! Wat dacht je dan?'

'Maar daar ben je nu toch met Renske?'

Even was het stil. Toen zei Manou, een stuk minder enthousiast: 'O, maar die vindt het vast ook heel leuk. Kom op, Patom, het ís toch ook hartstikke leuk?'

'Ja, vast. Ik zal het even aan Mamsyl vragen, oké?'

'Nee, nee, dat is helemaal niet nodig. Zeg jij nou maar gewoon dat het goed is!' riep Manou haastig.

'Goed, jij je zin. Doe je best met je gratis les! Maar wel voorzichtig, hè!'

'Oké Patom. Bedankt.'

Dolblij drukte ze op het knopje met het rode telefoontje. Meteen werd de verbinding verbroken.

'Het is goed!' jubelde ze terwijl ze het mobiel-tje teruggaf aan

Francine. 'Het mag!'

'Mooi zo,' vond Francine. 'Dan zet ik je op het rooster voor de les van twee uur. Is er nog een pony waar je graag op wilt rijden?'

'Davids natuurlijk,' antwoordde Manou, zon-der daarover te hoeven nadenken.

'Prima,' zei Francine. Ze maakte een aanteke-ning op het blok dat midden op haar bureau lag. 'Dat staat. En op wie wil jij straks vrij rijden, Stef?'

'Op Rosette graag.'

Ook dat noteerde Francine. Stef en Manou stonden tegelijkertijd op.

'Nou, tot straks dan maar weer, bij de les.' Francine keek glimlachend hoe de twee meisjes de deur van het kantoortje uit renden.

Buiten holden Manou en Stef in één ruk door naar de grote ponystal. Dit moesten ze meteen aan Renske vertellen.

Het duurde even voordat ze hun vriendin gevonden hadden. Renske zat namelijk samen met Angela en een paar andere meisjes op de strobalen achter in de stal.

Even keken Stef en Manou geschrokken naar de metgezellen van Renske. Maar toen begonnen ze toch te vertellen, want het nieuws was te groot om vóór zich te houden.

'Ik mag straks gratis meedoen met een beginnersles!' riep Manou blij.

'En ik mag aan het eind van de dag vrij rijden, samen met de grote stalhulpen,' vertelde Stef al net zo vrolijk.

Voordat Renske kon reageren, vroeg Angela verbaasd: 'Waarom dat dan?'

'Omdat we van de week zo goed geholpen hebben toen Kuyt in een molshoop was gestapt,' vertelde Stef trots.

'O, dus dát was er gebeurd.' Ineens werd het Angela duidelijk. 'Dat is leuk voor jullie, zeg.'

'Dat wilde ik ook net zeggen,' zei Renske quasi-verontwaardigd.

En weer zaten Angela en Renske samen te lachen. Manou en Stef keken elkaar niet-begrijpend aan. Waren dit echt die twee meiden die anderhalf uur geleden zo onaardig tegen elkaar hadden gedaan?

Het werd nu allemaal wel erg echt

Manou kon gewoon niet wachten tot het eindelijk twee uur was. Ze ging voor het eerst een les rijden! Daar raakte ze niet over uitgepraat. Renske en Stef werden er een beetje gek van. Tussen de middag kreeg ze bijna geen hap door haar keel. Het was dat Stef zei dat ze echt moest eten, omdat ze anders tijdens haar les wel eens misselijk van de honger kon worden, maar anders had ze haar brood in haar tas gelaten.

Al om kwart voor een wilde ze dat Stef Davids van stal ging halen, zodat ze het dier kon gaan borstelen en opzadelen.

'Nou overdrijf je toch echt,' zei Stef lachend. 'Als je er heel lang over doet, ben je in twintig minuten of een halfuur klaar. En dan moet die arme Davids nog drie kwartier wachten voordat hij naar de les mag. Dat kun je zo'n beest toch niet aandoen?'

Daar kon Manou niets tegen inbrengen. En dus maakte ze nog maar een rondje door de ponystal, in de hoop dat de tijd dan wat sneller ging. Ook deed ze alvast de rijlaarzen van Stef aan. Die pasten haar prima.

Maar toen het kwart over een was, hield ze het niet meer. Ze moest en zou alvast bezig gaan met Davids. Anders zou ze gaan gillen, dreigde ze.

En dus ging Stef de pony voor haar uit de stal halen. Davids had er geen enkel probleem mee dat hij veel eerder dan de andere pony's aan het hek werd vastgezet. Hij liet zich rustig borstelen en opzadelen.

De zenuwen gierden Manou door de keel. Het werd nu allemaal wel erg echt. Ze was er net aan gewend dat ze elke week mocht uitstappen na de les van Stef en nu moest ze zelf een hele les gaan rijden. Zou ze dat wel kunnen? Of zou ze hopeloos afgaan, net nu Renske erbij was? Eigenlijk maakte ze zich grote zorgen, maar daar zei ze natuurlijk niks over tegen haar vriendinnen.

Toch hadden Renske en Stef wel in de gaten dat Manou zich liep op te vreten van de spanning. Ze zagen haar schichtige blik steeds naar de klok gaan, en haar zenuwachtige bewegingen bij het borstelen van Davids. Maar ook zij zeiden vanzelfsprekend niets. Want ze wilden Manou niet nerveuzer maken dan ze al was.

Om halftwee kwamen de eerste kinderen van de groep waarmee Manou straks haar les zou gaan rijden. Ze keken op de lijst aan de muur van de stal om te zien op welke pony ze dit keer mochten rijden. En ze haalden de dieren zelf van stal, helemaal alleen of met samen met hun ouders of een stalhulp. Terwijl iedereen nog druk aan het borstelen was, stond Manou al helemaal klaar met Davids. Ze had Stef zover gekregen dat die de pony alvast losmaakte en in het middenpad neerzette. Manou was ernaast gaan staan, met Stefs cap op, Stefs rijlaarzen aan en onder haar arm Stefs zweepje, al wist ze echt niet wat ze daarmee zou moeten doen.

Toen Francine kwam kijken hoever de lesgroep inmiddels was, schoot ze in de lach bij het zien van Manou en Davids.

'Zo, jij hebt er zin in!' riep ze vrolijk.

Manou wist zo gauw niets terug te zeggen. In plaats daarvan keek ze maar weer eens naar de klok. Nog een kwartier.

'Kom maar vast mee naar de binnenbak,' zei Francine, terwijl ze een arm om Manous schouder legde. 'Voor Davids is het niet goed als hij hier zo lang moet stilstaan. En voor jou ook niet, geloof ik.'

Manou keek haar dankbaar aan. Gelukkig, ze mocht alvast naar binnen. Dan moesten ze Davids aansingelen en de beugels op maat hangen, wist ze. Op zo'n manier ging de tijd in ieder geval een stuk sneller.

Op weg naar de binnenbak keek ze ineens in paniek achterom naar Stef. Ze wenkte haar vriendin en fluisterde haar dringend toe: 'Kun jij Davids misschien even vasthouden? Ik moet ineens vreselijk nodig plassen.'

Ze verdween op een holletje naar de toiletten in de grote schuur. Renske en Stef keken haar glimlachend na.

Waarom zegt ze dat dan niet gewoon?

Het was zover. Net als bij het uitstappen ging Manou op Davids zitten. Maar nu had ze echte rijlaarzen aan en een zweepje onder haar arm. En dit keer was het niet voor drie rondjes, maar voor een heel uur.

Ze was blij dat Stef de pony vasthield. Zou ze dat eigenlijk het hele uur blijven doen? Manou durfde het niet te vragen. Want stel je voor dat ze nee zei!

Het was dan wel een beginnersgroep, maar de kinderen om haar heen hadden allemaal al een paar weken les gehad. Voor Manou was alles nog nieuw.

Gelukkig zei Francine: 'Deze eerste keer loopt Stef nog met je mee. Net zo lang tot je alleen durft. Oké?'

Natuurlijk was dat oké. Manou was blij toe.

Terwijl de laatste kinderen nog bezig waren hun pony aan te singelen en hun beugels op maat te brengen, begon Stef met Davids en Manou aan het eerste rondje. In stap natuurlijk.

Toen ze voorbij de spiegel aan de zijmuur kwam, ging Manou automatisch rechtop zitten. Dat zag er goed uit, zij zo boven op een pony! Trots keek ze rond, maar de anderen hadden alleen oog voor zichzelf.

'Zitten jullie allemaal?' riep Francine vanuit het midden van

de bak. 'Dan gaan we nu in stap. Allemaal op de rechterhand.'

Stef keek om, zag het vragende gezicht van Manou en zei lachend: 'Dat betekent dat we rechtsom gaan.'

'Waarom zegt ze dat dan niet gewoon?' vroeg Manou een beetje geërgerd.

Stef haalde haar schouders op. 'Zo heet dat nou eenmaal. Ik weet ook niet waarom.'

Na anderhalf rondje riep Francine: 'Oké, nu allemaal aandraven!'

Manou schrok. Moest zij dat ook doen?

En ja hoor, Stef draaide zich weer naar haar om en zei: 'Nu moet je dus staan-zit, staan-zit doen, je weet wel.'

Dat had Manou vaak genoeg gezien, maar zelf had ze het nog nooit gedaan. Voorzichtig ging ze in haar beugels staan, terwijl ze de teugels krampachtig vasthield.

Meteen begon Stef met de pony te hollen. Daar was Manou niet op voorbereid, dus zakte ze weer terug in het zadel.

'Staan-zit! Staan-zit!' riep Stef.

Goed, goed, ze had het wel gehoord! Manou zette haar tanden op elkaar en kwam uit het zadel. Om zich vervolgens weer te laten zakken. En weer. En weer.

Hé, dat viel helemaal niet tegen. Ze kreeg zelfs het idee dat ze meeging met de beweging van de pony!

'Goed zo, Manou!' riep Francine. 'Dat is draven!'

Apetrots keek Manou naar het muurtje naast het rolhek, waarachter Renske stond. Die stak twee duimen naar haar op. Vrijwel meteen was ze het ritme kwijt. Ze ging zitten op het moment dat de pony omhoogkwam en had het gevoel dat ze stuiterde in het zadel.

Stef had het meteen in de gaten. Terwijl ze door bleef rennen, riep ze over haar schouder: 'Gewoon twee tellen blijven zitten en dan weer omhoog!'

En jawel, dat werkte! Ineens had Manou het weer te pakken. Staan-zit. Staan-zit. Dat ging lekker.

'Nu van hand veranderen!'

Wat zou Francine daar nu weer mee bedoelen?

De uitleg van Stef liet niet lang op zich wachten. 'Dat betekent dat we schuin door het midden gaan en dan linksom.'

Dat klonk logisch. En het ging eigenlijk ook vanzelf. De hele rij ging vanuit een hoek naar de hoek schuin aan de overkant. En daar gingen ze niet rechts, maar links.

Ze begon er echt lol in te krijgen en vond het jammer dat Francine al na een paar rondjes riep: 'Allemaal terug naar stap.' Wat gingen ze nu langzaam. Draf was eigenlijk veel leuker, bedacht Manou. Ze keek goed om zich heen en lachte in het voorbijgaan naar Renske, die naar haar riep: 'Het gaat hartstikke goed!'

Toen ze al meer dan een rondje in stap hadden gelopen, vroeg Stef: 'Zeg, merk jij niks?'

Manou keek haar vragend aan. Wat bedoelde ze? Stef hield haar handen omhoog.

'Ik heb je al niet meer vast sinds we gestopt zijn met draven.'

Daar schrok Manou toch even van. Had Stef haar niet kunnen waarschuwen? Maar meteen begreep ze ook dat haar vriendin wel zo dicht in de buurt bleef dat ze meteen kon ingrijpen als er iets gebeurde. En dus glimlachte ze breed.

'Ik rijd dus helemaal los!' zei ze verbaasd. 'Helemaal alleen!'

'Yep,' antwoordde Stef. 'Helemaal alleen in je eerste les.'

Mag ik? Please, please, please?

Manou was de koningin te rijk. Ze had haar eerste les gereden! En ze had helemaal alleen gestapt, zonder dat Stef haar vasthield! En het draven ging hartstikke goed! En het was haar zelfs gelukt om Davids een stukje achteruit te laten lopen, door precies te doen wat de anderen deden: voeten achteruit en aan de teugels trekken. Hartstikke simpel!

'Nou ben je een echte ruiter,' zei Stef, terwijl ze de singel van het zadel losmaakte, 'dus moet je ook zelf je zadel opruimen.' Oké, als dat moest, zou ze zich niet laten kennen. Stef kon zo'n enorm zadel toch ook optillen? Manou moest al haar kracht gebruiken, maar het lukte haar om het zadel van de pony af te halen.

'Je weet de weg naar de zadelkamer, hè?' vroeg Stef. 'Het zadel van Davids moet op nummer veertien.'

Hijgend van de krachtsinspanning sjouwde Manou naar de zadelkamer. Overal aan de muren hingen zadels op ijzeren stangen. Bij een van de vrije stangen hing het bordje met nummer veertien. Niet zonder moeite schoof ze het zadel erop. Ziezo!

Toen ze zich tevreden omdraaide, stond daar Stef met het hoofdstel van Davids in de hand. 'Hiervan moet je even het bit afspoelen,' wees ze, 'en dan kan het op haakje nummer veertien.'

O ja, dat had Manou wel eens vaker gezien. Het bit was de stang die de pony in zijn mond had gehad. Geen wonder dat zo'n ding afgespoeld moest worden, er zat vast allemaal kwijl aan.

Bij de wasbak hield ze het bit onder de kraan, waarna ze het hele hoofdstel ophing aan het daarvoor bestemde haakje. Ze droogde haar handen af aan haar broek.

'Geef me maar meteen mijn rijlaarzen terug,' zei Stef. 'Want ik moet straks zelf nog vrij rijden.'

Dat was waar ook. Gehoorzaam gaf Manou de laarzen af en ze trok haar eigen schoenen weer aan.

'Zullen we nu naar huis gaan?' vroeg ze aan Renske.

'Hé, en ik dan?' riep Stef verontwaardigd.

'We komen straks echt wel bij jou kijken,' beloofde Manou snel. 'Maar dat is pas om vijf uur. En ik wil nu zo graag aan mijn ouders gaan vertellen hoe het geweest is.'

Dat kon Stef zich gelukkig voorstellen. 'Ik blijf gewoon hier, hoor,' zei ze.

'Oké, tot straks,' groette Manou. Ze trok Renske met zich mee.

De weg naar huis legde Manou grotendeels huppelend af. Renske had er af en toe moeite mee om haar bij te houden.

'Mam! Mamsyl! Het was geweldig!' brulde Manou terwijl ze de keuken binnenrende.

Haar ouders zaten in de woonkamer thee te drinken. Lachend lieten ze de woordenvloed van Manou over zich heen komen.

'Het ging zo goed, het was echt geweldig!' riep Manou, nadat ze minstens drie keer achter elkaar had beschreven hoe goed ze Davids had laten draven en hoe lang ze wel niet alleen gereden had.

'Ik geloof dat Manou het vrij leuk heeft gevonden,' zei Patom droog tegen zijn vrouw.

'O ja?' vroeg Mamsyl, met vragend opgetrokken wenkbrauwen. 'Daar had ik niks van gemerkt.'

'Doe eens niet zo flauw, jullie!' riep Manou quasi-boos. 'Het was léúk, joh! Mag ik nu ook een leskaart kopen? Want dit wil ik veel vaker.' Ze keek haar ouders beurtelings smekend aan.

'Mag ik? Please, please, please?'

'Eigenlijk zag ik dit al aankomen,' bekende Mamsyl tegen Patom.

'Ik denk niet dat we hier nog onderuit komen,' antwoordde haar man met een gemaakt sip gezicht.

'Yes!' brulde Manou. Ze mocht een eigen leskaart! En straks gingen ze nog bij Stef kijken op de manege! En Renske bleef ook nog een hele dag logeren! Dit was het mooiste weekend dat ze ooit had meegemaakt!

OPENBARE BIBLIOTHEEK
BIJLMER
Frankemaheerd 2
1102 AN Amsterdam
Tel.: 020 - 697 99 16